AF383940

QUELQUES NOTES

SUR LA MORT

ET LE SERVICE ANNIVERSAIRE

DE N. LALLEMAND,

ET SUR LE PROCÈS INTENTÉ A SON MEURTRIER.

> Non hoc præcipuum amicorum munus,
> prosequi defunctum ignaro questû....
> . . . . . Hic liber professione pietatis,
> aut landatus erit aut excusatus.
>
> **TACITE.**

A PARIS,

CHEZ TOUS LES MARCHANDS DE NOUVEAUTÉS

1821.

Ces Notes ont été rédigées et imprimées dans quelques heures. Des erreurs ont pu s'y glisser; nous les rectifierons s'il y a lieu.

IMPRIMERIE DE PILLET JEUNE.

QUELQUES NOTES

SUR LA MORT

ET LE SERVICE ANNIVERSAIRE

DE N. LALLEMAND,

ET SUR LE PROCÈS INTENTÉ A SON MEURTRIER,

CHAPITRE PREMIER.

Déja la mort du jeune Lallemand avait offert un spectacle bien douloureux à nos cœurs. Aujourd'hui que de nouveaux scandales de l'autorité ont réveillé le souvenir de ces affreux événemens, nous pensons que c'est un devoir pour nous d'offrir au public le récit de ce qui s'est passé. Nous prendrons occasion de cette circonstance pour rappeler des détails peu connus, tout-à-fait ignorés ou défigurés par la mauvaise foi, et sur sa mort, et sur le procès intenté à son meurtrier.

Le 3 juin 1820, la Chambre des Députés était entourée d'une foule immense. On allait décider, dans son sein, du triomphe ou de la chute de la loi des Élections. Une jeunesse, reconnaissante du dévouement à la patrie, avait quelques jours avant, honoré par ses applaudissemens, un des soutiens de la liberté, M. *de Chauvelin*, presque mourant, il avait rassemblé ses dernières forces pour rendre un dernier service à son pays. Le 2 juin, il fut publiquement insulté. Le lendemain, la place et le pont Louis XV se couvrirent d'une foule de jeunes gens que l'indignation appelait à la défense des Députés lorsque l'autorité restait inactive devant de tels excès. L'on avait sans doute deviné leurs sentimens, car ils trouvèrent de toutes parts des troupes armées. Des provocations qui partaient de groupes remarquables par une sorte d'uniforme et de discipline, donnèrent lieu à quelques querelles. Les troupes prétendirent rétablir l'ordre, et une charge sur le peuple fut ordonnée et faite au galop par la gendarmerie. La foule fuit rapidement devant les soldats ; et menacée d'être sabrée sur la place Louis XV, elle veut chercher un refuge dans le jardin des Tuileries : on venait de le fermer.

Lallemand (Nicolas, né le 12 janvier 1797),

sortait de dîner avec son père ; et, selon sa coutume, il se promenait avec l'un de ses amis, (M. Petit) dans les Tuileries. Curieux de voir ce qui se passait sur la place Louis XV, il sort du jardin, et bientôt il veut y rentrer. Le trouvant fermé, il suit la foule qui se dirige par la rue de Rivoli jusque sur la place du Carousel.

Un groupe de 60 à 80 personnes à peu près, seul reste de l'attroupement qui s'était avancé jusqu'aux Tuileries, traversait la place du Carrousel. Trois jeunes gens en redingote et en éperons passèrent devant, et crièrent : *à bas la Charte !* le groupe les suivit en leur répondant par le cri de *vive la Charte !* jusqu'au près de l'hôtel de Nantes. Là une patrouille de quelques hommes passa près du groupe ; et les soldats, sans aucune provocation de la part des jeunes gens qui en faisaient partie, dirent plusieurs fois : *Ah ! vous en voulez de la Charte, eh bien ! l'on vous en f.....* et aussitôt ils allèrent s'établir entre la rue de Rohan et l'hôtel de Nantes.

M. Petit s'apprêtait à reconduire Lallemand chez lui lorsque la pluie les força à chercher un abri. Ils s'avancèrent du côté de la rue de Rohan pour aller au Palais-Royal, quand la patrouille, irritée de ces de cris : *vive la Charte !*

qu'on lui avait sans doute signalés comme séditieux, fit le mouvement d'apprêter ses armes:
le peu de personnes qui restaient sur la place
s'enfuirent. Lallemand et M. Petit, s'é-
taient séparés du groupe ; ils tentèrent de passer par la rue de Rohan ; ils étaient seuls, ils
furent remarqués : ce fut sur eux qu'on diri-
gea les armes. Imbert tira, Lallemand tomba,
et ces mêmes jeunes gens qui criaient *à bas la
Charte !* allèrent se joindre à la patrouille ; et
mettant leurs chapeaux au bout de leurs cannes,
vive le Roi ! s'écrièrent-ils, *à bas la Charte !
c'est bien ; c'est ainsi qu'il faut les traiter.*

Cependant M. Petit avait vu tomber son ami ;
il veut aller à lui, mais les soldats l'empêchent
de passer : Lallemand se relève et fait encore
60 à 80 pas du côté de la rue de Chartres, où il
retomba pour ne plus se relever. M. Petit ne
pouvant aller à son secours de ce côté, fait le
tour par la rue St-Honoré, et retrouve son
ami expirant ; il le fait transporter dans un
café où des médecins lui prodiguèrent des
soins inutiles. Ramené chez son père, il eut
encore la force de faire sa déclaration au commissaire de police du quartier ; et à dix heures
il expira !

Quelques instans avant, le commissaire,

conformément à la loi, se transporta rue de Rivoli, au corps-de-garde, dont faisait partie le soldat qui avait tué Lallemand. Mais ce fut en vain qu'il voulut remplir son ministère. L'officier qui commandait le poste refusa de lui répondre, sous prétexte qu'un commissaire de police n'avait rien à démêler avec des militaires de la garde royale, et le força grossièrement de se retirer.

Victime de la fureur d'un soldat, Lallemand était tombé au milieu de ses compagnons ; ils ne pouvaient pas lui rendre la vie, ils voulurent honorer sa cendre. C'était un devoir bien douloureux à remplir. On leur fit payer par bien des soins le droit d'accompagner la dépouille de leur ami jusqu'à sa dernière demeure.

La douleur même de sa mère ne fut point respectée : à chaque heure quelque agent de police venait avec sa froide indifférence la questionner sur ses projets ; enfin le 5, à neuf heures du soir, M. Anglès lui - même se présenta *incognito*. Mad. Lallemand était alors entourée des jeunes amis de son fils, qui veillaient près du corps de l'infortuné. M. le Préfet de police voulut l'entretenir en particulier : elle refusa ; et ce fut en présence de six témoins qu'il lui demanda l'église qui recevrait le corps de son fils, l'heure où on l'inhumerait, la pompe qui suivrait ses dépouilles : peu s'en est fallu qu'il ne lui marchandât son cadavre. Chacune de ses paroles renouvelait, plus cuisante et plus horrible, la douleur qui déchirait son âme ; et M. Anglès se plut à lasser le courage de cette mère infortunée ; et M. le Préfet de police se retira avec la honte d'avoir torturé le cœur d'une mère, et d'y avoir trouvé plus de constance pour supporter sa douleur, qu'il n'en avait mis à l'appesantir par ses paroles.

Il proposa même aux jeunes gens qui s'étaient chargés de l'inhumation de faire commencer le service à cinq heures du matin, tandis qu'il etait partout annoncé pour neuf heures. C'était proposer une lâcheté aux amis de Lallemand ; il n'acceptèrent pas.

Je me dispenserais de parler de ce cortége de condisciples qui suivirent le cercueil, si je n'avais résolu de rappeler tout ce qui le touche pour être en droit de demander aux ministres quels désordres les autorisaient à nous fermer le Temple, lorsque, vendredi dernier, nous allions adresser à Dieu des prières pour lui ; nous fermer le Champ du Repos, lorsque nous allions sur sa tombe lui porter notre tristesse et nos regrets. Tout Paris en a été témoin ; et cette jeunesse si hautement et si perpétuellement accusée de désordres et de rebellion , n'étonna les citoyens de la capitale que par le saint recueillement et la pieuse douleur qui accompagnaient sa marche.

Deux discours furent prononcés sur sa tombe. Ils avaient toute la force qu'inspirait la douleur et toute la retenue que demandait le devoir...... Une personne inconnue en commença un troisième. Son exagération ne convenait ni aux opinions, ni au caractère des amis de Lallemand ; ils ne l'écoutèrent pas.

Quelque tems après un service eut lieu dans l'église de Saint-Eustache ; les curés de Notre-Dame et de Bonne-Nouvelle sa pasoisse avaient refusé de le faire.... Celui de St-Eustache accepta. Ce fut encore le recueillement et la piété des assistans qui condamnèrent les refus des curés de Notre-Dame et de Bonne-Nouvelle.

Voilà jusqu'au 3 juillet le récit de ce que la mort de Lallemand fit naître d'événemens. Jusqu'ici je ne vois pas quelles fautes! ont pu attirer aux amis de cet infortuné le cruel refus qu'ils ont éprouvé vendredi.

CHAPITRE II.

Procès intenté au Meurtrier.

———

Lᴇs amis de Lallemand avaient fait leur devoir; il en restait un plus cruel encore à remplir, c'était de demander vengeance du meurtre. M. Lallemand père adressa une plainte au Procureur du Roi (1).

Un grand nombre de personnes avait été dès le lendemain se faire inscrire chez le commissaire de police de la rue Poissonnière, ils y avaient fait leur déposition, et M. le juge d'instruction en reçut plus de vingt. M. Viotti fut chargé de l'affaire en qualité de commissaire rapporteur; et quelque tems après il fit

—————

(1) Voyez à là fin, note n° I.

invier M. Lallemand à l'aller voir. M. Lallemand s'y rendit, accompagné de M. Barthe, avocat. Après beaucoup de difficultés pour permettre à ce dernier d'assister à la conversation, M. Viotti dit à M. Lallemand que la plainte qu'il avait formée était un acte hostile contre le gouvernement; qu'il était évident par les dépositions des témoins que son fils s'était attiré la mort; que d'ailleurs toute la garde royale était intéressée dans cette affaire, et qu'on ne lui ferait certainement pas l'affront de condamner un de ses soldats; et que, s'ils ne consentait pas à abandonner sa plainte, il s'exposerait à entendre traiter son fils de séditieux, et à payer des frais considérables.

M. Lallemand persista dans la plainte.

Quelque tems après, le 27, octobre à 7 heures du soir, M. Lallemand reçut un avis du greffe du conseil de guerre qui le prévenait que le lendemain, à 9 heures, le conseil s'assemblerait pour prononcer sur sa plainte : à peine eut-il le tems de faire prévenir quelques témoins, et il se rendit à l'audience : *les portes de la salle en étaient fermées au public.* MM. Barthe et Laveau s'élevèrent fortement contre l'irrégularité de la procédure. La parole leur fut interdite, et ni M. Viotti ni M. le baron de Salgues, procureur du Roi, ne daignèrent leur répondre. On passa à l'audition des témoins : la plupart de ceux qui avaient comparu devant le juge d'instruction ne furent pas appelés. On assigna seulement six témoins, dont les uns avaient vu la fumée du coup de fusil, les autres un brancard avec un blessé, ou d'autres circonstances également insignifiantes ; tandis que ceux qui avaient vu tomber Lallemand sous leurs yeux ne furent pas appelés !

Ensuite comparurent les soldats qui composaient la patrouille. Leurs dépositions, presque conformes dans les termes, se contredirent cependant. Dans les faits, les uns prétendaient que Lallemand avait été percé d'une baïonnette qui se plia en le frappant ; d'autres qu'il avait *tordu* la baïonnette en voulant désarmer la garde.

M. Lallemand voulut faire entendre les témoins qu'il avait eu le tems de faire avertir. On lui refusa cette justice ; ses avocats ne purent parler, et M. Couture obtint la parole. C'est alors que, réfutant la déposition des témoins qui avaient paru devant le juge d'instruction, mais qui n'avaient pas été cités devant le conseil, il reprocha aux uns leur jeunesse, aux autres le nom de leurs pères ; à ceux-ci leur amitié pour Lallemand ; à ceux-là leur conformité d'opinion avec lui, comme si les camarades d'Imbert n'avaient pas aussi de l'amitié pour leur camarade, et un intérêt plus pressant qui devait les faire parler en sa faveur.

Enfin il osa soutenir qu'il connaissait Lallemand; et il s'est oublié jusqu'à dire que sa conduite, ses principes et ses opinions devaient nécessair ement l'avoir forcé à crier *vive l'Empereur !*

Et il osa dire qu'il connaissait Lallemand ! Nous le jurons ici, nous qui partagions ses plus secrètes pensées : ce fait est faux, de toute fausseté. Ami d'une sage liberté, Lallemand, qui ne demandait dans le gouvernement que la justice, pouvait-il invoquer le nom d'un homme avide de despotisme! Certes, nous avons trop de respect pour la chose jugée pour vouloir revenir sur l'arrêt qui a absous Imbert. Mais il nous semble qu'un avocat a d'autres moyens pour sauver ses cliens, que des suppositions fausses et injurieuses à la mémoire des morts!

Après dix minutes de délibération, le consil de guerre rentra, et déclara à l'unanimité Imbert non coupable. Le président, dès qu'il eut prononcé le jugement, félicita Imbert, et lui dit qu'il pensait que cette affaire, dans laquelle il s'était conduit en homme d'honneur, ne nuirait pas à son avancement.

C'est ainsi que se termina ce procès.

CHAPITRE III.

Jour de l'Anniversaire, vendredi 8 juin 1821.

c

LE fatal anniversaire était arrivé; et, d'après un usage que la religion a établi, et que la raison approuve, on devait se rendre solennellement dans le Temple pour implorer de nouveau le Dieu de mériscorde.

De pieuses offrandes avaient été déposées pour ajouter à la majesté du service; et, comme la première année, le curé de St-Eustache avait promis de le célébrer.

Au jour choisi, on vit accourir, vêtus de deuil et pleins d'une religieuse tristesse, des citoyens de tout âge, de tout rang, de tout état : on remarquait, surtout, les compagnons d'étude et de jeunesse de l'infortuné *Lallemand*.

En vain des ordres sévères les menaçaient de leur enlever le fruit de leurs études, leur douleur n'avait pu se résoudre à obéir : tous étaient présens (1).

L'heure était arrivée ; mais rien n'annonçait qu'une cérémonie funèbre dût se célébrer.

Cependant, ne pouvant croire que l'église refusât des prières qu'elle avait accordées un an auparavant, qu'elle avait de nouveau promises depuis peu de jours, nous attendions...... L'église ne refusait point ses prières ; l'autorité lui avait défendu de les accorder (*).

Bientôt toute cette foule s'écoula paisiblement du Temple : par un mouvement spontané, tous s'acheminèrent vers la tombe. Là les attendait un spectacle plus douloureux encore.

Les habitans les virent de nouveau traverser les rues, les places et les boulevards avec le recueillement de la tristesse. A mesure qu'on approche, le silence devient plus profond.

---

(1) Voyez la note n° II.

(*) Cette défense était écrite à la main et sans signature :

Le service pour monsieur N. Lallemand est ajourné par ordre supérieur.

Près de la barrière des Amandiers ils aper-
çoivent un escadron de gendarmerie : croyant
que l'autorité l'avait placé pour maintenir l'ordre et les protéger eux-mêmes, ils s'avancent :
on leur ordonne de s'éloigner. L'asile des morts
était envahi : au-dedans, au-dehors, le long des
rues ; partout on voyait des gendarmes armés.
Demandes, prières, propositions (*), tout fut
inutile.

L'ordre supérieur nous avait chassé du Temple, ils nous fermait encore l'entrée des tom-
beaux. En vain nous essayâmes de pénétrer par
quelques détours, tout était prévu : chaque
avenue avait ses gardes, et de nombreuses pa-
trouilles nous escortaient sans cesse. Il fallut
renoncer à notre pieux projet.

Cependant nous étions venus pour parler
encore une fois à notre condisciple. Nous
montâmes alors sur la butte *Chaumont :* un
discours fut prononcé ; et du haut de cette
montagne, illustre par le courage de leurs frères
aînés, tous saluèrent du fond du cœur la tombe
sur laquelle ils n'avaient pu prier.

Cette simple expression de regret déplut
encore : un des chefs ordonna de dissiper

(*) On proposa d'entrer par division et deux à deux.

l'attroupement; les soldats allaient obéir: un jeune homme s'écrie : Frappez ! voilà mon cœur. Les soldats reculèrent (*). Nous nous retirâmes : notre triste devoir était rempli ; mais avant de nous séparer , nous vînmes offrir au vieux père de notre malheureux camarade la douleur que nous n'avions pu offrir à son fils. Partout où le cortége a passé , le peuple s'est montré triste. Quelle que soit l'opinion du lecteur, cette réflexion ne pourra lui déplaire; il n'y a guère de morale chez un peuple qui n'a plus de respect pour les morts.

Voici les faits qui ont eu lieu vendredi 8 juin 1821 , jour de l'anniversaire de la mort de *Lallemand*. Sans doute MM. les Députés, et surtout ceux du département de la Seine, sauront apprécier cet acte de l'autorité : qu'il nous soit cependant permis de présenter aussi quelques courtes réflexions. Citoyens, nous avons le droit de parler à nos concitoyens.

(*) Comme il faut tout prévoir, et les accusations et même les mauvaises plaisanteries, je déclare que, dans ces attroupemens sur la butte Chaumont, quelques ceps de vigne ont été brisés ; mais je dois déclarer aussi qu'ils ont été religieusement payés au propriétaire , et bien au-delà de leur valeur.

La nature nous l'a donné ce droit, et les lois sont là pour nous le garantir.

MM. les Ministres ont-ils voulu prouver qu'en vain l'opinion publique se déclarait, que sans eux elle ne pouvait rien ? cette forfanterie ministérielle, partout ridicule, serait ici presque cruelle.

Diront-ils que, dans leur inquiète vigilance, ils ont redouté une émeute, une sédition, une révolte, que sais-je, une conspiration peut-être ? Ils avouent donc que tout leur grand courage a tremblé devant un mort.

Certes, si quelque chose avait pu exciter une sédition, un mouvement, n'eût-ce pas été le refus indécent des prières de l'église, cette occupation du Champ du Repos par des soldats. Il y a dans le cœur de l'homme quelque chose qui veut la liberté ; et c'est alors qu'on la lui enlève qu'il faut le craindre.

Supposons pour un instant (et c'est une supposition) que les Ministres n'ont point arrêté la douleur publique. Au milieu de la foule qui s'avance, je m'écrie : « Et moi ausssi, braves » amis, je voulais aller prier avec vous le » Dieu de miséricorde ! et moi aussi, je vou- » lais aller pleurer sur sa tombe ! — Mais en

» vain : le Sanctuaire est désert ; les prêtres
» ne sont plus libres ; et le tombeau qui ren-
» ferme l'objet de nos douleurs est environné
» de satellites. » Ah ! je vous le demande, ir-
ritant ainsi tous les esprits, insultant au gouvernement, ne serais-je pas réellement, et
ne me déclarerait-on pas certainement agent
provocateur, fauteur de révolte ? Voilà ce
qu'ont fait les Ministres.

Jadis la religion s'immisçait dans la politique,
aujourd'hui à son tour la politique veut *s'em-
parer de la religion* ; et désormais elle lan-
cera des *interdits et fulminera* des excom-
munications.

Dernière Réflexion.

Depuis quelques années, deux injustices
ont été commises pour les sépultures : la première, il y a six ans, le jour de l'enterrement
d'une illustre tragédienne ; la deuxième, il y
a quelques semaines : qu'ont-elles amené l'une
et l'autre ? émeute, sédition, parce que l'injustice, surtout envers les morts, est toujours
odieuse.

Vendredi dernier, troisième injustice ! *Et*

aucun désordre n'a été commis (1); et cependant elle y était toute entière, cette jeunesse qu'on accuse, et que chaque jour on condamne.

Il serait tems enfin d'avouer qu'elle veut la liberté, qu'elle déteste la licence.

---

(1) Voyez tous les journaux du samedi 9.

NOTES.

Plainte de M. Lallemand père, à M. le Procureur du Roi près le Tribunal civil de première instance du département de la Seine.

N° Ier.

Nicolas Lallemand, marchand grenetier, demeurant à Paris, rue du Petit-Carreau, n° 3,

Expose que, le 3 juin dernier, à six heures du soir, Nicolas Lallemand, son fils, revenant de se promener avec M. Aimé Petit, et se dirigeant du milieu de la place du Carrousel vers la rue de Rohan, pour reconduire chez lui M. Petit, qui demeure rue du Faubourg-Montmartre, a été atteint par-derrière d'un coup de fusil tiré par un soldat de la garde royale qui faisait partie d'une patrouille ; que la balle, entrée par les reins et sortie par le bas-ventre , a causé la mort de son fils, arrivée le même jour à dix heures du soir ; que son fils, isolé au moment où il a reçu le coup, de la foule des personnes qui criaient *vive le Roi!* ou *vive la Charte!* n'avait donné lieu par aucune provocation ni même par aucun cri à la violence exercée par le soldat, ce qui constitue de la part de ce dernier un assassinat; qu'il y a lieu de croire que les soldats composant la patrouille dont il s'agit s'étaient excités d'avance à la violence, puisque cette même patrouille ayant passé un moment auparavant à côté de Lallemand et de M. Petit, sans

toutefois leur avoir adressé directement la parole, pro-
féraient entre eux des juremens ét des menaces qui an-
nonçaient assez leurs desseins , ce qui pourrait servir à
établir la préméditation.

Par ces motifs , l'exposant demande que le nommé
Imbert , soldat (ou caporal), soit, à la diligence de
M. le procureur'du roi, mis sous la main de la Justice,
et poursuivit pour le fait de son crime avec toute la
rigueur des lois. L'exposant déclare se rendre partie
civile , etc.¹

M. le procureur du roi doit trouver des renseignemens
plus étendus sur les circonstances du crime dans le
procès-verbal dressé sur-le-champ par M. le commissaire de police du quartier....... lequel contient la déposition de la victime et de plusieurs témoins du fait. En
outre, l'exposant propose pour témoins de l'assassinat
MM...'........ sous la réserve d'en proposer d'autres
par la suite.

N° II.

INSTRUCTION PUBLIQUÉ.

*Extrait de la lettre adressée aux Présidens et
Professeurs des Facultés.*

Messieurs les élèves,

Une masse d'élèves devait se porter à l'église Saint-
Eustache, où devait avoir lieu le service de M. Lallemand.

Nous avons été avertis de plus qu'un grand nombre
de personnes devait se réunir à cette masse d'élèves ;

mais pour ne pas rappeler de trop douloureux sou-
venirs, et prévenir toute scène scandaleuse, nous vous
prévenons, Messieurs, que nous ferons tout notre pos-
sible pour empêcher que le service ait lieu.

N° .III.

Un des témoins de la mort de Lallemand se pro-
posait de prononcer sur sa tombe quelques mots. Nous
allons les rapporter.

« Lallemand......... Eveille-toi pour quelques
instans.

» Voilà aujourd'hui un an que tu nous as été enlevé !
mais ton souvenir vit encore dans nos cœurs.

» Ce matin nous avons voulu implorer, pour toi, le
Dieu de miséricorde ; il nous ont interdit le Temple, et
nous sommes venus t'apporter nos regrets : chaque
année à pareil jour nous te les apporterons......... ₄
Puissent-ils consoler tes mânes plaintives !..........
Lallemand, écoute ma voix !....... Tu l'as entendue
au moment de mourir...... Adieu !..... Adieu !...
Ah ! encore une fois, Adieu !..... »

On ne pouvait dans un tel jour oublier M. Camille
Jordan, que la mort vient de nous ravir, et dont les
cendres ne sont pas froides encore.

« Les élèves des Écoles de Paris (lui aurait-il dit),
» les Représentans de la jeunesse française, t'apportent
» à leur tour l'expression de leur douleur.

» Ceux qui t'ont connu rediront tes talens, tes vertus ;
» pour nous, fils du nouveau siècle, nous jurons, et
» sur ta tombe, d'imiter ton exemple, »